KB070938

추워서 너희를 불렀다

하상만

시인의 말

어떤 감정도 오래 지속되지 않는데
외로움은 예외였다
쳐다보지 않아도 그쪽에서 늘
바라보고 있었다

2022년 4월

하상만

추워서 너희를 불렀다

차례

2부 계속 노래하는 것이 벌이 될 줄은

3부 아무도 그립지가 않은데 외롭다

1부

누군가 그립긴 한데 얼굴이 없다

캠핑 의자

집에 들어가기 싫다
특별한 이유는 없다
집 말고 다른 장소를 갖고 싶어서

회사 집 회사 집
무한 반복이 싫어서

캠핑 의자를 산 너의 마음도
나의 마음 아닐까

가을이 오고 있네
가을이 오면 플라타너스 커다란 잎들이 너의 의자 옆
에서 마구 뒹굴고 그럴까

혼자였는데 더 혼자가 되고 싶은 이 마음은 뭘까

텃밭

아버지가 상추를 사랑하시자
나머지는 잡초가 되었다
사랑하는 것을
아버지는 부지런히 사랑하셨다
땅을 고르고
두엄도 주고
두둑에 비닐을 덮어
따뜻하고
바람에 잡초 씨가 날아와도
뿌리 내리지 못하는
안락한 집을 만드셨다
아버지의 눈빛과 손길 발걸음 소리로
상추는 무럭무럭 자랐다
노란 꽃을 피우는 변두리 잡초가 나는
아름다웠다
아버지는 그것을 걷어내셨다
그건 돌나물꽃이었다
내가 다른 것을 쳐다보도록 허락하지 않았다

상추와 나는 다를 바가 없었다
나는 나 같은 것들 속에서 자랐다
다른 것과는 이웃이 되지 못했다
아버지는 일하려고 허름한 옷을 입었고
타지 않으려고 챙이 넓은 모자를 썼다
아버지의 땀방울을 이해해야 한다고
나는 나에게 자주 속삭였다

식탁에서

퇴근을 하고 나서 취나물을 데쳤다
반찬이 하나뿐인 게 미안해서
호박을 썰어서 계란을 입혔다
밀린 설거지를 하고
밥을 먹는다

밥은 맛이 없다,
지쳐서 먹는 밥은

피곤할 때 하는 독서처럼
아무것도 느낄 수 없다

엄마는 그때 늙어 보였다
불타 버린 목련처럼 갈색빛으로
흰빛을 잃고 땅에 떨어진 것 같았다

내가 맛있게 밥을 먹는 동안
무표정했던 엄마

맛있어요, 하고
내가 웃어도
그저 응, 하고
말했을 뿐

엄마는 얼마나 밥맛이 없었을까,
갈색빛의 목련을 바라볼 때의 기분
즐거움을 위해서가 아니라
살기 위해서
그런 기분을 씹어야 했을 것이다

내가 잊고 있었던
엄마의 지쳐 있던 날들

맛없는 밥을 먹던 날들
그때 나는 조금도
엄마의 삶을 이해하지 못하고 있었다

엄마는 기분이 좋고

제사가 끝나고 상에 차려진
음식으로 아침을 먹을 때
어머니가 말했다. 조상님들

기분이 좋을 거야. 오늘 한 음식 중에
맛없는 게 없어. 다 맛있어.

나는 뜨끔했다. 불평을 미리 막으려고
그러시는 게 아닌가 하고,

내가 먹은 음식은 모두 짰다. 콩나물도
시금치도 도라지도 음식이 왜 이러냐고,
이야기할 참이었는데

어머니의 환한 진심에
입 다물고 말았다.

어머니의 혓바닥에 돋은 돌기들

침에 녹은 음식들이 그곳을 자극하면
소금이며 설탕이며 맛을 내는 것들이
뇌로 전달되는 것인데,

식당을 했다는 할머니는 된장에
밥을 비벼 드시곤 했다. 우리가
짜지 않느냐고 물어도 맛있다고만 했다.
일흔이 되자 음식 마련을 모두
어머니에게 맡겼다. 음식도
생기가 필요하다시면서

미뢰라고 부르는 돌기, 학교를 졸업하고
한 번도 그것을 책 밖으로 꺼내어
생각해 본 적이 없다. 퇴화한 것인가.

어느 날 할머니가 우는 것을 보았다.
큰 소리로 엉엉 울고 있는데도 눈물이
흐르지 않았다. 몸에 물이 말라 버린 것처럼

더 크게 울어도 짜낼 수 없는 사막처럼

어머니는 맛을 보면서 계속 소금을 넣었을 것이다.

추워서 너희를 불렀다

아버지는 병원에 계시고
어머니는 우리를 불러 모았다

춥다,
너희 아버지가
이렇게 따뜻한 사람인 줄 몰랐다

우리는 다 모였으나
아버지만큼 따뜻했을까

밥하기

쌀을 씻는다. 물을 붓는다.
손등이 잠기지 않게, 불을 켜고
두부를 썰고 호박을 자르고
그사이 멸치와 새우가 들어간
육수를 우린다. 밥이 익는 순간
국이 끓고 계란이 익는다.
이 모든 것을 동시에 한다.

어느 날 어머니는 무언가를 끓이다
냄비를 태우고 말았다. 그냥 수세미로는
지울 수 없었던, 어머니의 부탁으로 나는
힘들게 그것을 지웠지만, 아무렇지도 않게
생각했다. 실수는 할 수 있으니까.

다른 날엔 무언가 끓어 넘쳤다. 쯔쯔,
아버지는 혀를 차시며 화를 내었다.
정신이 어디 가 있느냐면서, 옛날에는
안 그랬는데 이제 동시에 무언가를

할 수가 없구나, 어머니는 잠시 맥을 놓았다.
아버지의 타박에 아무런 대꾸도 하지 않고
보이지 않는 신에게 풀죽은 모습으로.

나는 먼 옛날의 어머니처럼 여러 개의 음식을
동시에 한다. 그것을 감당할 수 있을 만큼
아직 젊다. 하지만 나의 이 젊음이
어머니를 기억하게 한다.

젖은 손

한 봉다리 사 와서는
고르고 있다

방풍나물

굵은 줄기는 가위로 잘라
따로 모으고

부드러운 것들은 스테인리스 바가지에 담는다

그러는 사이 젖어 버린
내 손

얼마나 되었을까 그분은
이제 여든이나
되었을까

사람의 몸에 뿌린 어떤 향수보다

나는
그분 손에 젖은 방풍 향을 좋아했지

데치고
손으로 짜고 먹기 좋게 가위로
자르고 멸치액젓과 설탕과 참기름으로
무쳐서 조금
맛을 본다

그분은 자주 그런 말씀을 하셨지
가까이 산다면 이 맛을 보이고 싶구나

당신은 미래에서 온 사람

노인을 본다
나의 미래를 본다
섬뜩하다

옆에 있는 미래를 보고도
현재는 변하는 게 없다

미래가 후회하는 과거를
현재가 살아가고 있다

사라진 다음 후회하지 말거라

아버지는 과거에 대해 말한 거지만
미래에 대해 말한 것

과거를 바꾸기 위해 미래에서 날아온 사람처럼
아버지가 서 있다

초원

더 이상 달아나지 않고 토피 무리가
먹혀 가고 있는 동료를 바라보고 있다
하이에나는
검은 주둥이를 깊숙이 집어넣고
먹이를 물어뜯고 있다
토피들은 안다
하이에나가 먹을 만큼만 사냥한다는 것을
동료가 죽는 동안
안전하다는 것을
얼굴을 든 하이에나가 동료의 얼굴에 범벅이 된
붉은 피들을
혓바닥으로 핥는다
서로를 닦아 주는 게 아니라 마지막까지 먹고 있다
토피들은 무슨 생각을 할까
다행이라는 생각을 할까
내가 아니니까
오늘도 무사하니까
약자들의 수는 언제나 더 많지만

소수를 이기지 못한다
모여서 달아나기만 한다
모여서 몰아내지 않는다
동료의 마지막 피까지 핥고 있는 하이에나를
보면서
자연스러운 거라고
자연은 변하는 법이 없다고
체념한다

초원의 청소부 독수리가 날아와
남은 음식을 먹는다

자연

—자연스럽게 살고 싶은 게 인간이다. 무함마드 클루.

'다행히' 다리를 저는 사슴이 있었습니다
치타가 사냥을 할 때 내레이터는 그렇게 말했다
사슴의 핸디캡은 양쪽에 도움이 되었다
그가 죽는 동안 치타는 배가 부르고
동료들은 안전한 장소로 갔다
자연스러운 것이다
약자가 희생하는 것
약자가 강자를 살리는 것

최승자의 시를 읽는 밤

식욕과 외로움은 상관이 있는 것 같다
최승자의 시에도 이렇게 적혀 있다

　외롭지 않기 위하여
　밥을 많이 먹습니다

어느 날 식당에서 동료는 이런 말을 했다

　나는 두 그릇 먹어야 해
　외로움이 많거든

밤이 깊어서 배고플 때가 많았다
그럴 땐 무엇인지 모르지만 그리운 것이 있었다

　기차를 타고 어디를 지나고 있는데 구름을 한참 지켜
보던 사람이 말을 했다

　누군가 그립긴 한데 얼굴이 없네요

지난밤에 그는 꿈을 꾸었다고 한다
그리운 사람이 나타났다
얼굴이 지워져 있었다
누군지 모른다고 했다
그는 밥을 많이 먹었다

먹이를 붓자 고양이는 쉬지 않고 그걸 다 먹어 치운다
나를 돌아보며 소리를 낸다
더 주지 않자 물을 마신다
저렇게 물을 많이 마시는 고양이는 처음이다
뭐라도 먹으려는 것은 혼자라는 걸 잊어 보려는 노력
일까

나는 외로울 땐 배고프다고 말하는 버릇이 있다

사람을 만나서 배부르게 먹고 온 날 유독 배가 고프
다
일부러 찾아갔지만 그리운 사람이 아니었던가

지난날과 다르다는 말을 들었다

핸드폰을 충전하면 100이라고 뜬다
100을 다 쓴 다음 충전을 하면
100이라고 뜨는데
어제의 100이 아니다

99밖에 되지 않아도
100이라고 뜬다

충전의 정도는
현재를 기준으로
배터리의 총량을 백분율로 계산한 거지
어제와 다름없는
100을 가리키는 것은 아니다

자고 일어나도 예전만큼 가볍지 않다
그래도 100인데
100인 게 중요한데

다만 어제보다 쉽게 방전되는 100이라서

이제 나가야 한다고

그만둘 때가 된 거 같다고

당신이 말했다

나는 잘 있습니다

내가 쓴 글을 내가 읽고
내가 부른 노래를 녹음해서 듣는다

나는 나를 사랑하는구나

그걸 여태 모르고
밖으로 나돌았다

혼자 있지 않아서
쓸쓸했던 거구나

혼자 있지 않아서
외로웠던 거구나

내가 쓴 글을 내가 읽고
내가 부른 노래를 다시 듣는다

혼자라서 행복하구나

병

나를 죽이지는 않는다
그대도 살아야 하니까
그대 때문에 불편하긴 하지만
나도 살아야 하니까
참는다

어쩌면 나도 병이다
인간이라는 병
나도 누군가를 불편하게 하면서
살아남는다

나도 누군가의 감옥이다
그대의 시선을 피하고 싶듯
내 시선을 피하는
이들도 있다

그들도 나와 더불어 살아간다
살아야 하니까

나를 만난다

그대가 나를 만나고
내가 그대를 견디듯
우리는 순간순간 웃기도 한다
안부를 묻기도 하고
잠시 퇴근을 한다

안녕히 가세요, 가 아니라
다녀오세요, 인사를 건네며

우리는 다정하다
함께 누군가를 욕하기도 하지만
서로 사랑하지는 않는다

사랑하지 않지만
그런 척 살아간다
살아야 하니까

살아야 하니까
그럴 수 있다

누가 내 삶을 이미
살다 가 버렸다는 생각이 든다
떨어지지 않는 병도
누가 앓고 갔던 병이다

아버지의 기침 소리를 기억한다
골목을 들어설 때
아버지가 오는구나 알게 했던
그 기침을 내가 앓고 있다

당신의 가슴엔
일기가
일기가 가득했다

아무도 읽어 주지 않아서

당신의 작품은 사라졌다

내가 죽으면 외로움이 따라 죽을 것이다
살고 싶어서
외로움은
나를 죽이지 않는다

기침 소리
기침 소리가 계속된다

그분은 외로웠을 거예요

죽는 게 왜 두려울까 물었더니
한 번도 죽어 본 적이 없어서 그렇다네요.
매일매일 살아 본 경험만 있고,
죽어 본 적이 없어서 그렇다고.

이상하게 살수록 살고 싶어져요.
그러다 보니 다시 한번 태어나 보고 싶기도 하고.

I born이 아니라
I was born입니다.
태어난 게 아니고
태어나진 겁니다.

태어났다고 하니
삶에서 벌어지는 일들에
책임이 있는 것 같고
내가 다 선택한 것 같습니다.

나는 왜 태어났을까,

생각해 본 적이 있어요.

삶에서 의미를 찾아본 건데,

우주는 방향도 없고 목적도 없습니다.

우주도 그런데 나라고 별수 있겠어요.

나는 왜 태어나졌을까,

질문을 바꾸니 답이 보이는 것 같아요.

삶에서 벌어지는 불편함을

만들어 준 이가 누군지 알 것 같습니다.

그분은

당신이 탄생시킨 모든 것에 대해

사랑을 말하십니다.

사랑해서 낳은 거고

나 혼자 외로울까 다른 이를 낳은 거라고.

세상에 없던 우리를

먼저 사랑했다고 합니다.

태어난 것이 아니라
태어남을 당한 것입니다.

그분은 자신을 사랑했을 겁니다.
그래서 외로웠을 거예요.

외로움은 힘이 셉니다

고양이를 데려왔어요
거실을 돌아다니며
밤새 울었어요

고양이의 목소리를 녹음했어요
무슨 말인지 알고 싶어서
반복해서 들었어요

고양이는 나를 보면 달아났어요

냉장고 뒤에서
소파 아래에서
쳐다볼 뿐
가까이 오지 않았습니다

고양이를 불러내는 방법을 알았어요
자기 목소리를 들려주는 거지요
녹음기를 틀었더니

고양이가 다가왔어요

소리가 들리는 내 왼손을 향해
내 다리를 붙잡고
두 다리에 힘을 주고 서서
허공으로 머리를 뻗었습니다
목이 빠질 정도로 뛰어올랐습니다

그동안 울었던 것은
다른 고양이를 찾고 있었던 걸까요

자기 목소리인데
자기 목소리인 줄 모르고
내 다리에 엉겨 붙었습니다

외로움은
쓸쓸함은
힘이 셉니다

오늘 누가 죽었어요

오늘 누가 죽었어요
우리는 결국
우리가 가진 것을 사랑하면서 죽어 가겠죠
우리가 가진 슬픔
우리가 겪은 고통
그러한 것들이 모두 사랑스러워질 때까지
우리는 죽어 갈 거예요

우리를 지켜보는 이들도 그러할까요
우리의 고독을
우리가 견디고 있는 우울을
사랑할까요
아닐 거예요
동정하고 싶어 해요
다정한 목소리로
낮게 슬퍼하는 목소리로
다행이라고 생각하면서
우리의 죽음을 이야기할 거예요

살아가기 위해
그렇게 하지 않고는 견딜 수가 없어서
그럴 거예요

오늘 그가 죽었어요
나는 장례식에 갈 수 없어요
고향의 장례식에 가고 싶지 않았고
친척들의 장례식도 그러했지만
그에게는 가고 싶었어요
한 번도 만난 적은 없는데
누가 나에게 가까운 사람이었을까요
내가 읽은 그의 책
내가 들은 그의 말
그게 다였어요

그는 고독과 우울 속에서 살았다고 해요
조금 더 산다는 이유로 사람들은
마구 그를 평가하지요

품평은 습관이고
그렇게 하면 덜 외롭다고 믿어요
고통을 피하기 때문에
고독과 우울을 사랑할 수 없어요

그는 나 대신 세상과 싸우느라
그렇게 산 거예요
그것들 앞에서 당당했고
사랑이 다해서 죽은 거예요
다른 이유는 없어요

세를 들어 살았다

애가 셋이라고 밝히면
세를 주지 않았다

애가 둘이라고 말하고
이사를 한 다음 저녁에 나를 데려왔다

주인이 거짓말을 했다고
야단을 쳤다

엄마는 그 집 마당을 열심히 쓸었다

나중에 우리 집을 갖고 나서
엄마가 적은 글을 보았다

주인집 눈치를 보면서
마당을 쓸지 않아서 좋다고 했다

그 집에 개가 있었는데

형이 개에게 물렸던 적이 있다

엄마는 형을 안고
병원으로 달려갔다

다녀와서
마당을 쓸었다

형의 종아리에는
지금도 그날의 상처가 있다

2부

계속 노래하는 것이 벌이 될 줄은

옥수수

옥수수수염은 암꽃이다
수꽃을 만날 때까지 자란다
수염의 길이는 그리움의 길이

수염의 끝에는 알이 하나씩 달려 있다
수염의 개수가 알의 개수다
그건 그리움의 개수

수꽃이 바람에 날려 보낸 꽃가루가
닿으면
수염은 갈색으로 변한다

그리움이 익는다

추수가 끝난 옥수수밭에 들어갔다
거기 홀로 남은 옥수수를 발견했다

실수로 흘렸거나

미처 덜 자라
손대지 않은 것

연노란 빛이었다
긴 수염이었다

주변을 둘러보아도
날아올 꽃은 없었다

옥수수 껍질을 벗겼다
익지 않은 그리움이
빼곡히 모여 있었다

아무리 기다려도
익을 수 없는 그리움이었다

그런 그리움을 가지고
나도 겨울로 향하고 있다

투명한 그리움 하나를 터트리고 나왔다

연못

맹꽁이가 시끄럽게 울고 있다

내 목소리 멋지지 않아?
암컷들에게 노래를 부른다

수컷에게만 울음주머니가 있다

울음주머니를 가지고 태어났다는 건
울어야 할 생生이 있다는 것

아직까지 우는 것들은
제 생을 다하지 않은 것들

정해진 대로 살려고 하였으나
정해진 대로 살지 못했을 뿐

얼마나 큰 울음주머니이기에
저렇게 비우질 못하나

계속 노래하는 것이 벌이 될 줄은

나라는 관성

선택을 잘 못합니다 어떤 선택을 해도
후회하고요 후회하고 나면
되돌릴 수 없습니다 되돌렸다가
또 후회할까 봐서

습관은 인이 박여서 관성처럼
변화를 거부하고
합리적인 해결책이 있다고
누가 알려 주어도
그것을
저에 대한 저항으로
생각합니다 커브를

돌 때 부드럽지 못하고
쇳소리를 내며
불꽃을 튀깁니다 잘 못
돌고 있어 자알 못 도올고
있어 불꽃은 속삭입니다

살던 대로 살아야 하나
이것 또한 편치 않으니
저는 그냥 이렇게 생긴
사람이구나 체념합니다

우울합니다
우울은 수용성이라는데
샤워를 해도 나아지지가 않네요

우울함에 피곤함이
도금된 느낌이랄까 그 어떤 밝은 미래를
생각해 보아도 바라는 미래라는 것은
지나간 과거 속에 있는 것 같아서

이미 다 써 버린 미래 같습니다

여전히 그 잔으로 차를 마시는 사람
이 있다

왜 어떤 사람은 백 년을 살고
어떤 사람은 삼십 년을 못 사는 것일까

왜 어떤 사람은 함부로 살아도 다치지 않는데
어떤 사람은 조심해서 살아도 사고가 나는 것일까

사랑하는 사람을 하느님은 먼저 데려간다는데
그런 말을 처음 한 사람은 누구였을까

왜 어떤 사람은 몇 방울의 물방울에도 미끄러지는가
바다를 헤엄쳐 건넜던 사람인데도

어떤 사람의 죽음 앞에서는 마음이 무너진다
한 번도 만난 적이 없는데

죽음 앞에서는 하소연할 곳이 없다
기도가 소용없다

지은 죄도 없는데 고통스럽게 죽는 것은
모르는 죄가 있기 때문일까

그렇다면 군중의 살해자들은 왜 천년을 사는 걸까
아무런 고통도 없어 보인다

왜 어떤 사람은 떠나고 나서야 가슴에 남을까
일부러 찾아간 적도 없는데

미워한 사람인데 헤어지면 아쉬움이 남는다
조금은 사랑하기라도 했을까

때가 되면 책들을 버리면서 밑줄 그은 책들을 주저한
다
다시 읽어 보면 밑줄의 이유를 알 수 없다

왜 이가 빠진 잔을 보면서도 버리지 못할까
그 잔은 여전히 나로 하여금 차를 마시게 한다

4

너의 옳음을 증명하고 싶어서
너는 내가 틀렸으면 한다
우리는 같은 결과를 원한다
너는
2에 2를 곱하려 하고
나는
−2에 −2를 곱하려 할 뿐
4를 얻기 위하여
너는 내가 −2에 2를 곱하기를 기다린다
손실이 생기기를
그래서 너의 계산이 옳음을 밝히고 싶어서
나라고 안 그렇겠는가
2를 선택한 네가 −2를 곱했으면 한다
다른 편에 서 있으면 저절로
나쁜 사람이 되는 기분이다
나의 실수가 너를 안심시킨다
나는 안 그렇겠는가
점점 내 실수를

네 마음이라 생각한다
반성하고 망설이다
실수한다

잔

혼자 앉아 있는 것보다 옆에 커피잔이 놓여 있으면
덜 심심하다
　아는 할머니 한 분은 헤이즐넛 커피를 해질녘 커피라
고 한다

해질녘

그게 더 예뻐서
사실을 알려 주지 않는다

모르고 사는 삶이 더 아름답다
하늘에서 하얗게 내린 눈이
쌓여서 어떻게 푸른 빙하를 만들었는지
나는 알지 못한다
그런 것들은 세상을 신비롭게 만든다

우주가 어떻게 만들어졌는지 알면서
왜 만들어졌는지 알 수 없는 삶을 사랑한다

영원히 궁금해할 수 있는 삶

내게 모든 진실이 필요한 건 아니다

한번

사람들은 꽃 하나를 똑같이 그리지 못하지
한 사람이 여러 번 꽃을 그려도
같은 그림을 그리지 못하지

모든 순간이 한번이지

다녀간 자리

흔들리고 있는 것들의 제자리는 어디일까

아이가 타다가 내려 버린 그네
누가 내려 버려서 양쪽으로 한 번씩
튀어 오르는 시소
방문을 열었을 때 잠시 도는 모빌
거긴 분명 바람이 지나갔다

새가 앉았다 떠난 가지도
흔들린다

흔들려서
제자리를 찾으려는 것인데

새가 앉아 있던 자리와
새가 앉기 전의 자리

어느 쪽일까

나는

사랑해 왔기 때문에
사랑하려는 것일까

커피를 남긴다

카페에 가서
커피를 다 마시지 않고 나온다
커피를 다 마셔야
일어날 수 있었던 나보다
이런 내가 마음에 든다

잉여라는 말이 있다
쓸모없음의 다른 말
봄날 내 차 위에 쏟아지는 노란 송홧가루는 거의 쓸
모없다
사랑을 이루지 못하고 그냥 사라지는 것
그러나 소나무는 낭비를 멈추지 않는다
쓸모없음을 가진다
잔에 함부로 따른 맥주처럼
소나무의 인생에는 거품이 많다

내게 잉여가 생겼다
쓸모없음이 생겼다

노란 송홧가루 대신
검은 커피를 남긴다

누가 보면 거기서 뭐 하냐고 묻는다
나는 카페에 앉아서 사람을
만나야 한다고
생각하지 않는다
책을 읽어야 한다고 생각하지 않는다

우두커니를 내버려 둔다
시간을 흘려보낸다
흘려보낸 시간 중 하나에서
어떤 생각이 태어나도록
쓸모없음이 쓸모 있음이 될 때까지

크로스바

—난쟁이라는 말에는 키가 작다는 뜻도 있지만 더 클 수 없다는 뜻도 있다. 어디선가 들었거나 갑자기 떠오른 말이다.

1

운동장에 크로스바가 있기에 가볍게 뛰어넘었다. 그걸 본 선생님이 높이뛰기를 하라고 했다. 겨울엔 공설운동장에 비닐하우스를 쳐 두고 도약 훈련을 했다. 개구리도 아닌데 개구리 점프를 하고 독립운동가도 아닌데 만세 점프를 했다. 허벅지와 종아리 근육이 뭉게구름처럼 생겨났지만 부들부들 떨렸다. 한바탕 비를 쏟아 놓기도 했다. 내 키를 넘어야 했다. 내 키가 나의 한계였다.

2

5학년 때였다. 전국체전에 참가했다. 148에 불과했던 나는 153이나 넘었다. 3등이었다. 만족스러웠다. 1등은 160을 넘었다. 이상했다. 그의 키는 170이었다. 자기 키를 넘지 못했다. 어쩔 수 없었다. 규칙이 그랬다. 자기 키의

얼마보다는 그냥 얼마를 넘느냐가 중요했다. 네 키를 넘
으면 돼. 내게 기준을 세워 주었던 선생님을 바라봤다.

3

대회가 끝나고 선생님은 그만두라고 했다. 아버지와
어머니의 키를 물어보시고 난 후였다. 아버지는 165였고,
어머니는 160이었다. 그때 선생님의 말씀이 옳았다고 생
각한다. 아무리 내 키를 뛰어넘어도 한계가 있다. 지금은
체육인이 아니라 직장인으로 살고 있다. 성실함으로 물
려받은 것을 뛰어넘기 힘들다. 겨울 공설운동장에서처
럼 비닐하우스를 치고 열심히 도약하는 마음으로 살고
있는데 어쩔 수 없는 한계가 보인다. 넘을 수 없는 크로
스바가 허공에 밑줄 긋고 있다.

병든 몸은 병든 몸으로 돌아간다

오래 아프면
아픈 몸이 정상이다

병에도 관성이 있어서
약을 쓰면
괜찮아지는 것 같지만
원래대로 돌아간다

고칠 생각 말고
심할 때 약이나 먹으라고
살살 달래 가면서 친구처럼 지내라고
의사가 말했다

그때부터 마음이 편했다

따뜻한 종소리

보리차를 마신 후
컵을 두 손으로 안는다

컵이 아직 따뜻하다
내가 언제 이렇게 컵을 간절히
안았던 적이 있었나

컵은 보리차의 따뜻함을 간직하고 있다

누가 잠시 머물렀던 기억으로
빈 컵이 나를 데우고 있다

이 기억을 나도 누군가에게로 옮겨 가야 하리라

겨울이다
차가운 세상의 온도를 높이기 위해
구세군 종이 울리기 시작했다
한번 데워진 것은

식어서 사라지는 것이 아니라
어딘가로 전도되고 있다

따뜻한 종소리가 온 세상에 퍼지고 있다

5만 2천 년 전 손바닥 벽화

동굴 벽에 손바닥이 찍혀 있다

나 여기 왔다 간다
흔적을 남긴 사람은
외로웠을지도 모른다

손바닥이 다른 손바닥을 잡으려 한다

그때도 사람에게는
남는 것이 있었을 것이다

뭐든 남으니까 한 거다

시간이
쓸쓸함이
허전함이

그리움이

콩나물김치국밥

큰 냄비를 꺼냈다
묵은 김치를 썰었다
콩나물을 씻었다
묵은 김치를 깔고 콩나물로 덮었다
조갯살과 새우를 넣었다
멸치 액젓을 한 숟갈 넣고 물을 부었다
겨울이면 콩나물김치국밥을 먹는다

어렸을 때는 그게 싫었다
어머니는 육수가 빠진 큰 멸치를
걸러내지 않고 국자에 담아
내 그릇에 옮기곤 했다
우연히 그걸 씹었는데
맛도 없고 불쾌하기만 했다

어머니가 왜 멸치를
빼내지 않았는지 알고 있다
멸치를 우린 물을 따로 만들면

깔끔하겠지만
어머니는 멸치와 김치와 콩나물을 함께 넣어
멸치가 다른 것과 함께
푹 익는 쪽을 택했다
챙겨야 할 식구가 많은
고단한 삶에서
자질구레한 일 하나쯤은
줄이고 싶었을 것이다

아버지는 그런 어머니의 무성의함을 탓했다
어머니도 아버지를 이해하지 못했다
아버지는 콩나물김치국밥을 싫어했다

아버지가 괜히 목욕을 하고 싶다고 하고선
목욕을 끝내고 병원에 가셨다고 한다
호흡이 잘 되지 않아서였다
가시면서 어머니에게 미안하다
미안하다 여러 번

말씀하셨다는데
어머니는 그 말씀이 진심 같아서
눈물이 흘렀다고 한다
나는 그런 이야기를 들을 때
그것이 어떤 일의 복선이 되지 않을까
두려워진다

그릇에 밥을 담고
그 위로 김치와 콩나물을 건져 올리고
국물을 부었다
다른 반찬도 없이 한 그릇만으로
저녁이 가득 찼다

디라스는 큰 대파가 좋다고 했다
나는 어머니의 방식대로
대파를 큼직하게 썰었다
디라스가 좋아하는 건
어머니가 내게 남긴 흔적이다

나는 이제 어머니의 음식이 그립다
우주만큼 그립다는 말은
그리움이 계속 커지는 거라고 한다
우주는 팽창하고 있으니까

내일

내일이 오려 하네
내게 그런 것이
남아 있네

받고 싶은 것은 주지 않고
주고 싶은 것을 주고
사랑한다고 말하는
사람처럼

내게도 능력이 있네
너를 좋아하는 능력
네가 없으면 나는
무능력하네

천천히 차를 마시네
천천히 내일이 올 수 있도록

내가 하려는 일은 자주

소용이 없네

네가 내게 온다면
아름답게 너를
오해해 줄 텐데

가까운 길을 가르쳐 주어도
가던 길로만 가는 사람처럼
내일이 오려 하네

그런 것이 내게
남아 있네

나는 나와 함께 걸었다

힘들 때 나는
나에게 기대었다

슬플 때 나는
나에게 기대었다

쓸쓸할 때
지루할 때
나는 나에게 기대었다

나는 나에게 기대었다

위로도 충고도
내 맘이 아닌 것들엔
기댈 수가 없었다

나는 내가 편했다

슬픔도 우울도
나와 견뎠다

다섯 마리의 개

다섯 마리의 개는
다섯 마리의 외로움

먹이를 주는 건 나

소소한 행복이 필요한 것은
마음속 어딘가
구멍이 있다는 것

퇴근을 하면
쿵쿵 혀를 날름대는
다섯 마리의 외로움

다섯 마리의 구멍

내가 만져지는구나
나는 온통 허전했구나

3부
아무도 그립지가 않은데 외롭다

당신은 내 방의 불을 켜지 못하지

멀리 있으면 그 밝기를 알 수가 없지

1등급인지
2등급인지
3등급인지

멀어서 희미한 별이 있고
가까워서 밝은 별이 있지

멀리 있는 당신은
내 방의 불을 켜지 못하지

아무도 그립지가 않은데 외롭다

아무도 그립지가 않은데 외롭다

헤어진 사람도 없는데 외롭다

혼자였는데
다시 혼자라고 느낀다

사람은 기대고 싶어 한다
그걸 사랑한다고 말한다

기대고 싶지 않아서 사랑하지 않았다

남은 것을 생각한다

집에 도둑이 든 날
당신은 살림을 챙겨 보고
마침내 기쁜 표정을 지었다

그 표정이 이해되지 않아서
뭐가 그렇게 좋은 거냐고
여쭈었다

서랍에 넣어 둔 돈은
안 가져갔으니
얼마나 다행한 일이냐

어이없는 웃음을 지었으나
그때부터였을 것이다

잃어버린 것이 생기면
남은 것을
생각하게 되었다

사과

사람들이 사과를 고른다

예쁜 걸 고르려고 한다

얼마나 열심히 고르는지
없던 차이들이 생길 것 같다

차이가 있는 곳에
차별이 사라질 수 있을까

나는 나랑 친하다

사람들하고는 술을 안 마시는데
나랑은 잘 마신다

사랑할 만한 건 나밖에 없다
어쩔 수가 없다

노력해도 소용없다
사람들의 웃음은

외로움을 조금도
덜어내지 못한다

나는 뭐가 될까
아직도 그게 궁금하다

좀 더 많은 말을 한다

좀 더 외롭지 않기 위해
좀 더 많은 말을 한다

사람들은
사랑하고 싶은 게 아니라
사랑받고 싶어 한다

위로해 주는 게 아니라
필요로 한다

함께 걷고 싶은 사람이 없다
돌아가는 사람들의 뒷모습을 보며
돌아간다

내가 나에게
의미가 있었으면 좋겠다

오래 좋아하는 것이 벌이 되는 것을 보았다

당구를 치는 대신
책을 읽었다

배드민턴을 치는 대신
책을 읽었다

필드에 나가 골프를 칠 때
책을 읽었다

계속 읽었다

오래 좋아하는 것이 벌이 되는 것을 보았다

두 개의 삶을 동시에 살 수 없기에
다들 이렇게 사는 줄 알았다

시간이 많이 흘렀다
뿌리는 하나겠지만

가지는 여러 갈래

벌어진 가지는 오므려지지 않는다

내가 좋아하는 사람들의 삶은 대체로 슬펐다
그 사람들이 남긴 말들은 아름다웠다
아름다워지기 위해 그렇게 살기는
두려웠다

책을 버리고
당구를 칠까

책을 버리고
배드민턴을 칠까

책을 버리고
필드에 나가 볼까

나의 슬픔은 힘이 없고

많이 떠나보냈다
많이 흘려보냈다

갖지 않았던 것은
갖지 못할 것이 되었다

나는 충분히 가졌었다
시간을
기회를
당신을

슬프다

나의 슬픔은 힘이 없다
지기만 한다
가만히 있기만 한다

미움을 만들지도 못한다

사랑한다고 말할 때 모든 걸 사랑하는 것일까

내가 너를 사랑하는 건
너의 모든 것을 사랑하는 것일까

그러면 좋을 테지만
아닌 것 같다

나는 사랑할 수 있는 것을 사랑한다
나머지는 견딘다

너의 모든 것을 그리워하지만
그 모든 것이 너이겠지만

모든 것을 사랑할 수 있는 건 아니다

사랑할 수 있는 것은 사랑하고
나머지는 미루어 둔다
사랑할 수 있을 때까지

사랑할 수 없는 것은 견딘다
다른 것을 사랑하는 힘으로

네가 나를 사랑한다고 말할 때
내 모든 것을 사랑하는 것일까

그러면 좋을 테지만
아니어도 나는 괜찮다

산책

낮잠을 자고 일어났다
쓸쓸하였다

공원의 벤치에 가 앉았다
아이들이 그네에 와서 놀았다

머리는 말끔하였지만
쓸쓸하였다

내가 만나고 싶어 하는 네가
누군지 알 수 없다

한 번도 만난 적 없으니
너를 그리워하는 일이 힘들다

무언가를 쓰고 싶지만
무엇을 써야 할지 모르겠다

시간은 자꾸 흘러가고
점점 나를 잃어버릴 것이다

절반을 잃어버리면
나머지 절반은 버려야 하는
신발처럼

귀걸이처럼
무엇이 남는다면 결국
쓸모없는 것으로 변할 것이다

파경은 헤어진다는 뜻이 아니었다
다시 만날 것을 약속한다는 뜻이었다
지금은 그냥 파경이다

언젠가 만나겠지

봄바람은 부는데 나는 겨울옷을 입고 다니네

지나간 과거가 좋았다고 하는 건 사실 뭘 몰랐기 때문에 그렇게 생각하는 거라는데

매번 봄은 오는데 더 좋은 봄이 오는 것 같지 않아 슬픈 봄이다

운명도 모르고 나는 먼 곳을 그리워하는 사람이었지

사람들은 내가 자유로워 보인다고 했네

그건 마치 나를 부러워하는 것으로 해석될 수 있었지만 이제

내가 자유에 대한 대가를 치르고 있지 않느냐는 물음으로 들리지

잘 지내 봐야지

잘 지내고 있어야지

좋은 날을 가려서 나는 나를 만나야지

한 번도 만난 적이 없는데 그립다

몸이 아니면 마음이라도 아플 것이다

싸우고 싶지 않다
받아들이기로 한다

나는 직원일 뿐이고
인간일 뿐이고
아는 것도 많지 않다

전쟁 따위는 일어나지 않을 것이다

착한 사람이 사고를 겪는 일은
반복될 것이고

원망도 미움도 조건 없는 사랑도
계속 이어질 것이다

우리는 아플 것이고
늙을 것이다

몸이 아프지 않으면
마음이라도 아플 것이다

어디로 가는 걸까

가을은 봄이랑 비슷하다

평균기온과 습도가
비슷해서 그렇다

봄보다는 가을이 쓸쓸하다
느낌의 차이는
방향에 있는 것 같다

봄은 여름으로
가을은 겨울로 향한다

한 사람

성균관 대학교
명륜당 앞의 큰 은행나무
완연한 노란색으로 물들어
떨어지고 있다

땅을 가린 잎사귀
밟고 있으면
나무 하나가 얼마나 많은
잎사귀를 달고 있었던지

아름다운 것이 사라지면
내 것이 아닌데도 가슴이 아린다

오래 들여다보았다

외롭다는 말을 종이에 적었다

종이에 적어 본다고
사라지는 것이 아니다

아무에게도 할 수 없어서
종이에 적어 본 것이다

책상 위 잘 보이는 곳에 놓아두었다
나와 햇살이 오래 들여다보았다

외로운 사람

당신의 마음만 받고 싶지 않아요
도움을 줄 수 없다면 침묵하세요
나는 서운해하는 사람이 아니랍니다
마음만은 소용이 없어요
당신은 내가 아니랍니다
그렇다면 침묵하세요

소용없는 마음은 간직하세요
따뜻한 사람이 되려 하지 마세요
많은 말을 해 주려 하지 마세요
작은 말도 내 마음을 무겁게 할 뿐이니

관심과 걱정과 위로는
당신의 외로움일 뿐
당신의 외로움을 내게 전달하지 마세요
나를 통해 위로받지 마세요
조용히 그것을 숨기세요
내가 눈치채지 못하게

내게서 멀어지세요
내가 당신에게서 멀어지려 할 때
가족이 되려 하지 마세요
그럴 수는 없을 테니
친구가 되려 하지 마세요
친구라면 내버려 둘 테니
우리가 같을 거라 생각하지 마세요

마음

주고 싶은 게 있는데
그걸 못 주면
병이 난다

받고 싶은 게 있는데
그걸 못 받으면
병이 난다

너도 나도
그런 사람인데

그럴 수 없어도 살 줄 알아야 하는데

그럴 줄 모르고 아픈 사람으로 살아간다

4부

마음도 낡고 오래된 것이 되어 간다

벚꽃 지는 날

좋아하고
좋아해도
좋아해

행복하고
행복해도
행복해

쓸쓸하고
쓸쓸해도
괜찮아

떠나가고
떠나가도
못 잊어

행복

나는 너를 좋아했는데
네가 나를 좋아해 주니까
나를 좋아하게 되었어

나는 행복해

구부러진 나무가 토질 나쁜 땅을 가리키고 있다*

캄차카에서는
벌과 나비처럼
모기가 그 일을 한다
이슬과 꿀을 찾아 헤매다
우연히 꽃들의 사랑을 돕는다
선명한 색과 향기로
수많은 꽃들이
피어나는 건
모기를 위해서

사하라 사막에서 꽃들은
시체 냄새를 풍긴다
벌과 나비가 하는 일을
파리가 하기 때문
벌과 나비가 살기 힘든 곳에서
꽃은
다른 향기를 취한다

우리의 환경이

우리의 인격처럼 보일 때가 있다

우리가 하는 일이

우리의 성격처럼 보일 때가 있듯

* 브레히트

이 정도면 괜찮아

사람보다 잠이 그리운 사람이 있지
언제나 사람이 있어야 하는 외로운 사람도 있고

혼자 있기 위해 카페에 온다
함께 있기 위해 카페에 오는 사람은
쓸쓸한 사람이 아닐까

다양한 인생을 살고 싶어
생각과 행동이 바뀌는 건 이상한 일이 아니야
영원 같은 건 생각 안 해
나를 좋아한다면 나의 순간을 봐

나는 그곳에 친구가 없다
우린 그냥 어울려 있을 뿐

할 수 있는 만큼만 하고
갈 수 있는 데까지만 가야지

창문 밖에는 바람이 분다
바람을 맞아야 하는 사람에게는
친구가 필요하겠지

커피가 있다면
나는 괜찮아

사랑이 있는 곳에 평등은 없다

사랑하는 사람끼리 평등한 걸 보았나

거긴 언제나

사랑하는 사람과
더 사랑하는 사람

더 사랑하는 사람과
더더 사랑하는 사람이 있다

생각들

어떤 사람과 일을 하면 일이 늘어난다
일은 변함이 없는데
신경 써야 할 일이 늘어난다

동정 받는 걸
인정받는 거라고
생각하는 사람이 있다
그걸 먹고 사는 사람이 있다

좋은 사람이 되려고 했다
그렇게 노력하고 살았다
내가 좋은 사람이라는 게
나에게는 무슨 도움이 되었나

한 사람이 왔고 한 사람이 갔다
좋아하려고 했는데 멀어졌다
노력했기 때문에 멀어진 것이다

동정은 다정이 아니다
슬프고 우울할 때 필요한 것은
당신의 침묵인데
당신은 그것을 믿지 않는다

산다는 건 불편하다
그걸 받아들이지 못하면
불행하기만 하다

내가 안 가진 것이
나의 생각이다
당신이 가진 것이
당신의 생각이듯

남을 이해하려는 것은
나를 위로하기 위한 것이다

나는 나와 살아간다

열두 시가 지나는데 잠들지 못하는 것은 어제에 대한
미련이 남아서다

아무리 생각해 보아도 어제의 시간은 텅,
비어 있다

아무 일도 하지 않았느냐 하면 그것도 그렇지가 않다

아무리 바빠도 하고 싶지 않은 일을 할 때는 심심한
법이다

텅 빈 시간은 모여서 텅텅 빈 시간이 되고
텅텅텅 빈 시간으로 쌓여 간다

그것이 나의 고독이다

나는 고독을 가졌고 그것은 쌓여 가고 두드리면 텅텅
텅 소리가 나는 컴컴한 여백이다

일을 많이 한 날은 쉽게 잠들지 못한다
보람이 없기 때문이다

하고 싶은 일을 하고 돈을 벌고 싶었는데 지금은 그
냥 돈을 벌고 싶다

좋아하는 것을 오래 좋아하기는 힘들다

마음도 낡고 오래된 것이 되어 간다

영원히 사랑할 것처럼 말했지만

후회할 때가 있다

나는 시를 쓴다

내가 좋아하는 시는 아직 쓰지 못했다

나는 그걸 가지고 있다고 믿는다

스스로에게서 아직 발견하지 못했을 뿐

진정한 발견이란
새로운 것을 찾아내는 것이 아니라
가지고 있는 것에서 새로운 의미를 발견하는 것이다

그런 점에서 나는 내가 흥미롭다

대부분의 시는 읽히지 않는다

나는 보통의 시인처럼 별다를 게 없다
그들처럼 외롭게 잠들지 못한다

그 외로움 때문에 아무도 그리워할 수가 없다고 적은
적이 있다

앞으로도
아무도 그리워하지 않겠다

그렇게 다짐했던 적이 있다

어쩔 수 없어서

외롭다는 말

텅텅텅 소리가 나는 컴컴한 여백이라는 말

이 세상에서 누군가는 이해할 수 있을 것 같아서

밥을 적게 먹었다

스무 살
집을 나오면서 엄마와 멀어졌다
그때 신중해야 했는데

직장을 잡고는 엄마와 가까워질 수 없었다
먼 곳이었다

그사이 엄마는 아프고 수술도 여러 번
버스에서 넘어져 허리를 다쳤지

양손에 물건을 들고 빠른 걸음으로 다녔는데
물건을 들지도 못하고 걸음도 느려졌다

늙으면 왜 가벼워지는 것일까
할 일들의 무게는 줄지 않는데

엄마가 반가워서 나를 안을 때
왜 이렇게 키가 줄었냐고 했더니

허리가 굽어서란다

띄엄띄엄 어쩌다 보는 엄마는
볼 때마다 늙은 게 눈에 보인다

엄마는 큰 압력솥으로 밥을 한다
가볍고 키가 작아진 엄마가 가스레인지에서 다 된 밥
을 내리려 할 때
팔이 눈높이까지 간다

솥을 들려 하다가 힘겨워 들지 못한다
내가 내려놓았다
콩이 가득한 밥이다

엄마는 간장으로 조리는 걸 좋아한다
감자와 당근 땅콩을 함께 조린 반찬을 휴게소에서 먹
으라고 싸 주었다
아버지처럼 내가 연근을 좋아할 거라고 생각한다

그것도 간장에 조려 담았다
나는 그걸 좋아한다
우엉도 마찬가지

엄마는 어머니가 아니라
왜 아직도 엄마일까

예전엔 사 먹는 걸 좋아했다
그게 더 맛있다고 생각했다
그걸 사 먹을 돈이면 몇 번이나 해 먹을 수 있다는 엄
마의 말이
잊히지 않는다

사 먹는 음식은 언제든 사 먹을 수 있지만
이런 음식은 먹을 수 있는 게 몇 년 안 남았지
그런 생각을 하면
뭐가 되겠다고
뭐가 되겠다고

멀어졌을까

나는 엄마 밥을 가장 적게 먹었다
다른 건 다 부럽지 않은데 형제들이여
그게 그렇게 부럽다

창유리

창유리에 그림이 그려져 있었다
아이들이 그걸 지우고 있었다

낙서라고 생각한 것이다
그건 고갱의 그림이었다
타히티의 어느 오두막에서 벌어진 일이다

창유리에 그려진 그림은 우리의 인생 같아서
누군가에게는 낙서 같겠지만
누군가의 가슴속에는 명화로 남는다

할 수 있는 일은 별로 없다
허락된 창유리에
인생을 그려 넣는 것뿐

당신은 이 세상에 없던 것을 만들어 내지

당신이 나에게 부탁을 하면
나에게 없던 쓸모가 생기는 것 같아

사랑에 빠진다는 것은
없던 쓸모를 발견하는 일

그 발견이 좋아서 또 그런 것이 없나
생각해 보는 일

나에게 그런 재주가 있었나
스스로에게 놀라는 일

이 세상에 없던 것들이
하나씩 생겨나는 느낌

그런 순간이 좋아서
당신 옆에 있는 것이 좋아지고
멀리서도 할 수 있는 일을

생각하게 하는 힘

언제까지나 내가 필요했으면

당신은 이 세상에 없던 것을 만들어내지

선물

내가 너한테 선물을 해서
네가 웃으면
그건 나한테 한 선물 같아

사랑하는 건
사랑받는 건가 봐

당신이 찾고 있는 것이 당신을 기다리고 있다*

하늘에서 떨어지는 별똥별을 보면서
사람들이 소원을 빈다

소원을 빌 수 있도록 하늘에서
별똥별이 찾아온 것 같지만
우리가 별똥별을 찾아가는 것

지구가 공전하는 길 위에
별똥별이 사는 곳이 있고
그곳을 지날 때 중력에
별똥별이 끌려 들어온다

행운이 우리를 찾아오는 것 같지만
어딘가에 있을 행운을
우리가 찾아가는 것이다

* 루미Rumi의 시에서. 당신이 찾고 있는 것이 당신을 찾고 있다.

가족

어렸을 때 가족 그림 속에는
형도 동생도
아버지도 어머니도
있었다

오늘 그린 그림 속에는
형도 동생도
아버지도 어머니도
없다

내가 그린 그림 속에
아내가 있고
아내가 그린 그림 속에는
아내의 어머니가 아버지가 없다

가족이란 이렇게 헤어지는 것인가

그래도

당신의 그림 속에는
우리 모두가 있지 않을까

다섯 개의 별

가족처럼 보이는
일곱 개의 별
모두 다른 곳에서
다른 시간에 출발해서
하나씩 지구에 도착해
북두칠성이 되었다

아빠와 엄마와 형과 나와 동생은
다섯 개의 별
서로 다른 시간에 태어나
마침내 우리 집에 도착해
어두울수록 빛나는
반짝이는 가족이 되었다

나와, 함께, 춤을

임지훈(문학평론가)

커뮤니케이션communication은 라틴어 communis
에 어원을 둔 말로, 무언가를 나누고 공유한다는 의
미를 가지고 있다. 아마도 여기에는 '정보'를 나누고
공유한다는 뜻이 새겨져 있을 텐데, 그와 같은 정보
에는 정치·경제적인 것 외에 감정과 감각, 기억에 대한
것들도 소묘되어 있을 터이다. 그런 뜻에서 우리는 하
상만의 새 시집을 의사소통에 대한 시집이라고 정의
해 볼 수 있을 것이다. 그의 시집이 자신의 감각과 감
정, 기억을 독자인 우리와 나누려 시도하고 있다는 의
미에서도 그러하거니와, 이 시집의 주된 시작의 원리
가 어떤 타인과 의사소통의 과정을 바탕으로 하고 있
다는 의미에서도 그러하다.

하지만 여기에는 중요한 전제가 하나 덧붙어 있다.
그것은 이 시집의 주된 의사소통의 대상이 누구인가
라는 지점이다. 이 시집에서 화자는 타인을 향해 직접
적으로 발화하지 않는다. 이 시집의 주된 의사소통 대
상은 다음의 시에서 나타나듯, '나' 자신이라는 점에
서 이채롭다.

사람들하고는 술을 안 마시는데
나랑은 잘 마신다

사랑할 만한 건 나밖에 없다
어쩔 수가 없다

노력해도 소용없다
사람들의 웃음은

외로움을 조금도
덜어내지 못한다

나는 뭐가 될까
아직도 그게 궁금하다

      —「나는 나랑 친하다」 전문

 위의 시에서 화자는 자신에 대해 말한다. '나'는 화
자의 유일한 술 상대이며, 사랑할 수 있는 유일한 대
상이다. 이와 같은 발화들은 유아론唯我論적인, 혹은
독아론獨我論적인 맥락을 구성하는 것처럼 보이지만,
실제 그 속내는 다소 복잡하다. 이처럼 화자가 '나'에
대해 말할 때, 여기에서는 미묘한 격차가 발생하기 때

문이다. 그것은 발화의 당사자로서의 시인과 시인에 의해 말해지는 '나' 사이의 격차이다. 둘은 동일한 인물이지만 시적 구조를 통해 발생하는 미묘한 거리감으로 인해 둘로 갈라져 버린 '나'이다. 그러한 의미에서 생각해 보자면, 이 시집에서 화자가 연신 대화를 시도하는 대상은 '나'이지만, 그것은 발화자 자신으로 단정 짓기 어렵다. 말하는 '나'와 말해지는 '나' 사이의 대화, 그것이 하상만의 새 시집 『추워서 너희를 불렀다』의 의사소통의 정체다.

하지만 이와 같은 설명만으로는 여전히 부족하다. 자신의 글과 노래를 녹음해 자신이 들으며 스스로에 대한 사랑을 고백하는 「나는 잘 있습니다」나 자기 삶에 대한 토로를 담고 있는 「나라는 관성」이 그러하거니와, 삶을 버티는 방법에 대해 소회하는 「나는 나와 함께 걸었다」와 같은 시에서 나타나는 화자의 발화들은 여전히 그의 세계가 독아론적인 맥락을 구성하는 것처럼 오인되기 쉬워 보인다. 하지만 그와 같은 오인은 이와 같은 대화들 속에서 축적되어 가는 화자의 불만족의 층위를 놓치고 만다. 그러므로 하상만의 시를 온전히 읽고 감각하기 위해서는 이와 같은 대화들 속에서 축적되어 가는 화자 감정의 층위를 섬세하게 더듬어 볼 필요가 있다. 화자는 자신에 대해 말하고,

자신과 대화를 나누지만, 그와 같은 대화의 반복 속에서 불거지는 감정은 고독, 우울감, 쓸쓸함 등의 부정적인 정서이다. "사랑할 만한" 유일한 대상인 '나'와의 대화가 반복될수록 축적되는 불만족의 상황은 무엇을 겨누고 있는 것일까? 우리가 하상만의 새 시집을 읽으며 갖게 되는 이와 같은 의문은 그의 삶 속에 새겨진 어떤 낯선 흔적으로, 특유의 시적 구조를 통해 구체화되는 서정성 속으로 우리를 이끌어 간다.

> 선택을 잘 못합니다 어떤 선택을 해도
> 후회하고요 후회하고 나면
> 되돌릴 수 없습니다 되돌렸다가
> 또 후회할까 봐서
>
> 습관은 인이 박여서 관성처럼
> 변화를 거부하고
> 합리적인 해결책이 있다고
> 누가 알려 주어도
> 그것을
> 저에 대한 저항으로
> 생각합니다 커브를

돌 때 부드럽지 못하고
쇳소리를 내며
불꽃을 튀깁니다 잘 못
돌고 있어 자알 못 도올고
있어 불꽃은 속삭입니다

살던 대로 살아야 하나
이것 또한 편치 않으니
저는 그냥 이렇게 생긴
사람이구나 체념합니다

우울합니다
우울은 수용성이라는데
샤워를 해도 나아지지가 않네요

우울함에 피곤함이
도금된 느낌이랄까 그 어떤 미래를
생각해 보아도 바라는 미래라는 것은
지나간 과거 속에 있는 것 같아서

이미 다 써 버린 미래 같습니다

　　　　　　　　　　　—「나라는 관성」 전문

위의 시 「나라는 관성」은 하상만의 시가 갖는 여러 특징들을 압축적으로 보여 준다. 하나는 직설적이고 솔직한 어투인데, 위의 시에서 드러나듯 하상만의 시는 시적 긴장감을 만들어내기 위해 과장된 오브제나 감정을 동원하는 대신 어떤 문제 상황을 압축적으로 제시한 뒤 그것에 대한 자신의 소회를 밝히는 것으로 구성된다. 솔직하고 담백하게 이어지는 화자의 고백은 자신이 앞서 제시한 문제에 대해 '나'가 어떻게 생각하며 살아왔는지를 시적 과장 없이 드러내며 화자의 정서를 적층해 나간다. 화자의 솔직하고 담백한 태도는 연이 반복됨에 따라 층층이 쌓여 하나의 일관성을 구성하게 되는데, 부드러운 듯하면서 날카로운 사유를 감추고 있는 특유의 어조는 이러한 일관성에 있어 하나의 축의 역할을 수행한다. 그렇게 구성된 일관성은 시간과 경험에 대한 날카롭지만 슬픔을 통해 누그러진 잠언적 사유, "이미 다 써 버린 미래 같습니다"라는 예언적인 사유로 나아간다.

　하상만의 시적 화자가 갖는 말하기의 속성과 시적 구조의 특성은 '나'라는 대상을 분리시키는 동시에 살아 있는 하나의 오브제로 만드는 일종의 활인법적 역할을 수행한다. 내가 '나'에 대해 말할수록 '나'는 살아 있는 하나의 대상처럼 다뤄지지만, '나'가 살아 있는 대상처럼 되어 갈수록 그것은 말하는 이와는 다른 생물인 것처럼 멀어진다. 이와 같은 활인법을 통해 마지막 줄의 "이미 다 써 버린 미래 같습니다"라는 잠언투의 고백은 한편으로 자신의 삶에 대한 직접적 한탄 내지는 체념이라는 표면적인 의미를 갖게 되는 동시에, 자신이 지닌 삶의 관성에 대한 낯섦을 일시에 개화시키는 효과 또한 발생시킨다. 예컨대, 그 미래는 '나'의 것이면서, 자신의 것이라 하기도 전에 탕진되어 버린 일종의 사물과도 같다. 이와 같은 낯섦은 화자가 '나'에 대해 말할 때 느끼는 감정의 이면이기도 하다.

중요한 것은 그와 같은 낯섦의 개화가 결코 비판적인 모멘트를 발생시키고자 의도된 것은 아니라는 사실이다. 오히려 이 낯섦은 그와 같은 관성에도 이토록 자신의 삶이 지속될 수 있었던 것은 왜인가라는 의문을 발생시키며, 자신의 삶을 더욱 더듬고 자기 자신과 더욱 대화하게 만드는 동력으로 작동한다. 그리고 이와 같은 자기 삶의 낯섦에 대한 감각은 자신이 감당해 온 삶의 무게, 슬픔과 우울을 견뎌 온 역사를 무대화시킨다. 즉, 화자의 어조와 시적 구조가 갖는 활인법적인 특성이 자신의 삶의 주름 속에 감춰져 있던 익숙하고도 낯선 서정의 순간으로 향하는 길을 열어 주는 것이다.

힘들 때 나는
나에게 기대었다

슬플 때 나는
나에게 기대었다

쓸쓸할 때
지루할 때
나는 나에게 기대었다

나는 나에게 기대었다

위로도 충고도
내 맘이 아닌 것들엔
기댈 수가 없었다

나는 내가 편했다

슬픔도 우울도
나와 견뎠다

—「나는 나와 함께 걸었다」 전문

대개의 삶에 대한 통찰을 담고 있는 경구나 잠언들이 변화를 촉구하며 인지의 촉성을 가리키는 것에 비교하자면, 이 시집에서 하상만이 지시하는 방향은 조금 다르다. 오히려 여기에서 추구되는 것은 자신이 견뎌 온 삶의 역사를 바라보고, 그 속에서 함께 견뎌 온 '나'라는 페르소나에 대한 인정의 촉구이다. 예컨대 그 페르소나는 진정한 나를 가로막는 장애물이거나, 사회에 찌들어 버린 '나'의 거짓된 일면이 아니라, 내가 현실 속에서 살아남을 수 있도록 견디고 버티게 해 준 유일했던 동료이다. 더 나은 '나'라는 것이 어딘가에 있고, 그것에 이르지 못한 것이 자신의 실책이라는 듯 말하고 행동하는 자본주의의 계몽주의적 자기 개발의 언어들과 달리, 여기에서 말해지는 것은 그와 같은 삶을 견디고 버텨 올 수 있었던 것은 자신이 '나'라는 페르소나와 함께였기 때문이라는 통찰로 역전된다. 계몽주의적인 자기 개발의 언어들이 자신의 삶을 부정하고 그로부터 촉성과 반성을 요구하는 속에서, 그러한 삶을 견디고 버텨 온 자신의 일면은 소외되고 부정되는 역설적인 비극을 낳는 것과는 전혀 다른 종류의 통찰이 나타나는 것이다. 그리고 이와 같은 통찰은 삶에서 경험하는 여러 부정적 감정 또한 다른 방식으로 감각하고 시화시키게 되는 계기로 작용한다.

다섯 마리의 개는
다섯 마리의 외로움

먹이를 주는 건 나

소소한 행복이 필요한 것은
마음속 어딘가
구멍이 있다는 것

퇴근을 하면
킁킁 혀를 날름대는
다섯 마리의 외로움

다섯 마리의 구멍

내가 만져지는구나
나는 온통 허전했구나

—「다섯 마리의 개」 전문

　자신의 내면에 존재하는 '외로움'이라는 감정을 개
라는 생물에 빗대어 이야기하고 있는 위의 시에서 '외
로움'이라는 감각은 부정적인 것으로서 해소되어야

하는 대상이 아니다. 오히려 그것은 '개'라는 비유와 그에 대한 화자의 태도가 지시하듯, 나와 함께하는 반려적인 것으로 삶에서 늘 대면하고 다뤄 나가야 하는 대상이다. 여기에서 나타나듯, 그의 시에서 부정적인 감정은 해소나 외면의 대상으로 나타나는 것이 아니라 오히려 내가 함께해야 하는, 나의 삶을 구성해 온 그 일부로 나타난다. 이는 우리가 앞서 읽은 「나는 나와 함께 걸었다」의 마지막 구절인 "슬픔도 우울도/나와 견뎠다"라는 문장을 다시금 읽게끔 만드는데, 이는 슬픔이나 우울과 같은 부정적 정서가 나의 삶을 위협하고 괴롭히는 장애물이 아니라, 오히려 '나'라는 특수한 개인의 삶을 구성하는 데에 있어 함께해 온 일부라는 인식으로 이어지기 때문이다. 이와 같은 인식은 다음의 시에서 보다 구체화되며, 그가 자신의 삶에서 경험한 정서와 감각을 어떻게 인식하고 다루고자 하는지를 직접적으로 보여 준다.

나를 죽이지는 않는다
그대도 살아야 하니까
그대 때문에 불편하긴 하지만
나도 살아야 하니까
참는다

어쩌면 나도 병이다
인간이라는 병
나도 누군가를 불편하게 하면서
살아남는다

나도 누군가의 감옥이다
그대의 시선을 피하고 싶듯
내 시선을 피하는
이들도 있다

그들도 나와 더불어 살아간다
살아야 하니까
나를 만난다

그대가 나를 만나고
내가 그대를 견디듯
우리는 순간순간 웃기도 한다
안부를 묻기도 하고
잠시 퇴근을 한다

안녕히 가세요, 가 아니라
다녀오세요, 인사를 건네며

우리는 다정하다
함께 누군가를 욕하기도 하지만
서로 사랑하지는 않는다

사랑하지 않지만
그런 척 살아간다
살아야 하니까
살아야 하니까
그럴 수 있다

누가 내 삶을 이미
살다 가 버렸다는 생각이 든다
떨어지지 않는 병도
누가 앓고 갔던 병이다

아버지의 기침 소리를 기억한다
골목을 들어설 때
아버지가 오는구나 알게 했던
그 기침을 내가 앓고 있다

당신의 가슴엔
일기가

일기가 가득했다

아무도 읽어 주지 않아서
당신의 작품은 사라졌다

내가 죽으면 외로움이 따라 죽을 것이다
살고 싶어서
외로움은
나를 죽이지 않는다

기침 소리
기침 소리가 계속된다

—「병」전문

앞서 지적했던 슬픔, 외로움, 쓸쓸함, 괴로움과 같
은 부정적 정서들은 나의 삶을 위협하는 장애물이 아
니라 나의 삶을 구성함에 있어 빠질 수 없는 어떤 것
이다. 위의 시에서 화자는 그와 같은 정서들을 '병'에
은유하며, 병을 앓으며 살아가는 것에 대해 소회한
다. 그 과정에서 직접적으로 언급되듯, 삶에서 경험되
는 부정적 정서들은 '나'를 죽이지는 않으며 단지 나
를 불편하게 할 따름인 감각들이다. 이와 같은 정서적

관계에 대해 화자가 제시하는 삶의 묘수는 그것을 해소해야 할 대상으로 바라보는 것이 아니라 마치 불편한 동거인인 것처럼 느끼며 살아가는 것이다. 그와 같은 정서적 요소들은 나의 삶이 유효할 때 존재할 수 있는 것이어서 그것들은 결코 '나'를 죽이지 못할 것이며, 그러한 의미에서 이와 같은 정서들은 나의 삶이 여전히 작동하고 있음을 보여 주는 하나의 사례인 셈이다. 또한 이와 같은 불편한 동거는 역설적이게도 나로 하여금 삶의 기쁨과 같은 정반대의 것을 감각할 수 있게 하는 토대로 작동한다는 점에서 하상만의 시적 사유가 지닌 특유의 모멘트가 드러나기도 한다.

하지만 하상만의 시에서 가장 특수하고 개성적인 모멘트는 이와 같은 지점이 아니다. 그가 지닌 가장 특수한 지점은, 이와 같은 부정적 정서들에 대한 승인과 이해로부터 자신의 삶 속에 새겨져 있는 불가해한 타인을 읽어낸다는 지점이다. 즉, 내가 '나'와 대화할수록, 그리하여 '나'의 삶에 대한 이해를 획득하게 될수록, 그 자리에서 화자는 좀처럼 이해할 수 없었던 타자의 삶과 대면하게 된다. '나'의 삶 속에 존재하는 부정적 정서를 그 또한 앓으며 살아갔음을 감각할 때, 나의 삶에 존재하는 부정적 정서들은 '나'라는 개성적인 인격을 구성하는 재료이면서 동시에 타인에 대한 이해를 촉성시키는 계기로 작동하게 되는 것이다. 다소의 비약을 거치자면 이와 같은 과정은 '나'의 마음속에 존재하는 부정적 감각이 곧 유일한 나와 타자의 공통된 요소임을 자각하는 것으로, 나와 타인의 공통점은 긍정적 감각의 공유를 통해서뿐만이 아니라 부정적 요소에 대한 자각과 그것이 인간의 보편적 토대라는 인식을 통해서도 가능하다는 것을 보여 주는 시적 사유라 할 수 있다.

> 쌀을 씻는다. 물을 붓는다.
> 손등이 잠기지 않게, 불을 켜고
> 두부를 썰고 호박을 자르고
> 그사이 멸치와 새우가 들어간
> 육수를 우린다. 밥이 익는 순간
> 국이 끓고 계란이 익는다.
> 이 모든 것을 동시에 한다.

> 어느 날 어머니는 무언가를 끓이다
> 냄비를 태우고 말았다. 그냥 수세미로는
> 지울 수 없었던, 어머니의 부탁으로 나는
> 힘들게 그것을 지웠지만, 아무렇지도 않게
> 생각했다. 실수는 할 수 있으니까.

다른 날엔 무언가 끓어 넘쳤다. 쯔쯔,
아버지는 혀를 차시며 화를 내었다.
정신이 어디 가 있느냐면서, 옛날에는
안 그랬는데 이제 동시에 무언가를
할 수가 없구나, 어머니는 잠시 맥을 놓았다.
아버지의 타박에 아무런 대꾸도 하지 않고
보이지 않는 신에게 풀죽은 모습으로.

나는 먼 옛날의 어머니처럼 여러 개의 음식을
동시에 한다. 그것을 감당할 수 있을 만큼
아직 젊다. 하지만 나의 이 젊음이
어머니를 기억하게 한다.

—「밥하기」 전문

    밥을 짓고 반찬을 하며 국을 끓이는 일련의 일상적 과정으로부터 어머니가 소환되는 것은, 위와 같은 감각에 대한 이해를 전제로 한다. 즉, 나의 삶에서 감각되는 보편적인 부정적 정서들이 타인을 나의 삶 속에 소환하고, 그들의 감각 및 정서와 유대 관계를 맺을 수 있는 직접적인 역할을 수행하는 것이다. 위의 시에서 그것은 지난 시간 속에 존재하는 어머니의 '맥'으로, 그것이 어떠한 의미인가는 '나'의 부정적 정서에 대한 이해와 감각을 바탕으로 소급적으로 재의미화된다. 그와 같은 의미화 속에서 나는 비로소 '어머니'라는 존재를 마주하며, 그녀가 경험해야 했던 부정적 정서의 깊이와 파급을 이해할 수 있게 하는 것이다. 시의 마지막 부분이 이해가 아닌 "기억하게 한다"인 까닭은 바로 이와 같은 이유이다. 이해가 주체의 대상에 대한 지식의 정도를 나타내는 것이라면, '기억'한다는 것은 나의 마음속에 대상을 온전히 보존하기 위한 자리를 마련하고 그것을 유지하고자 하는 의지를 수반한다. 그것이 가능한 것은, 부정적 정서가 대상과의 유대 관계를 가능케 하는 가교 역할을 하고 있기 때문이다.

그리고 이와 같은 사유는 다시금 화자의 삶에 있어 존재하는 부정적 정서와 감각들이 단순히 해소의 대상으로 전락하지 않는 이유를 떠올리게 만든다. 그것은 그와 같은 정서와 감각들이 나와 타인을 연결하는 것으로서 나와 타인의 동일성의 토대라는 인식이다. 이는 화자가 타인을 기억하고, 자신의 삶 속에 그들을 위한 자리를 보존하려는 의지를 가능하게 만드는 기능 또한 수행한다. 계몽주의적인 자기 개발의 언어들이 삶에 대한 한정적 긍정을 통해 외려 자신을 삶으로부터 소외시키는 것과 정반대의 작용이 부정적 정서

153

에 대한 긍정과 승인을 통해 일어나고 있는 것이다. 어쩌면 우리는 이와 같은 시적 작용에 대해, 하상만의 시가 가진 특수한 화학작용에 대해 다음과 같이 말해볼 수도 있을 것이다. 우리를 죽이는 것은 부정적인 것이 아니라, 부정적인 것을 죽이려 드는 마음이라고. 오히려 우리가 사는 것은 그와 같은 부정적인 것들과 함께하기를 각오할 때이며, 그때에서야 비로소 자신의 삶 속에 남아 있는 타인의 흔적을 더듬어 갈 수 있게 된다고. 하상만의 시가 유독 외로움과 쓸쓸함을 사랑하듯 되뇌이고 더듬었던 것은 내 안에 새겨진 타인의 이름을 쓰다듬기 위함이었노라고 말이다.

그러니 나의 삶을 채우고 있는 이 모든 쓸쓸함과 우울감을 어찌 사랑하지 않을 수 있을까? 타인의 이름이 올돌히 새겨져 있는 그 자리를……. 하상만의 시가 우리에게 전달하는 가장 큰 울림은 우리가 그간 소외시켜 온 내 안의 정서들에게 올바른 이름과 의미를 전달하고자 시도하고 있다는 그 지점일 것이다.

추워서 너희를 불렀다
2022년 4월 29일 1판 1쇄 펴냄

지은이   하상만
펴낸이   김성규
편집   김은경 김도현
디자인   신아영
펴낸곳   걷는사람
주소   서울 마포구 월드컵로16길 51 서교자이빌 304호
전화   02 323 2602
팩스   02 323 2603
등록   2016년 11월 18일 제25100—2016—000083호

ISBN 979—11—92333—10—6 04810
ISBN 979—11—89128—01—2 (세트)

* 이 책은 경기도, 경기문화재단의 지원을 받아 발간되었습니다.